ひろがるひろがる

梅澤智恵子詩集

竹林館

梅澤智恵子詩集

ひろがる　ひろがる

もくじ

1　ひろがる　ひろがる

2　わたしをよぶのはだれ

3　はてしない空へ

梅澤智恵子詩集

ひろがる　ひろがる

表紙絵・挿絵　さくらい　けいこ

1　ひろがる　ひろがる

ひろがる　ひろがる

まるいかみづつが　おちていた

ゆかをたたくと
かこん　かこん

かべをたたくと
ぽわん　ぽわん

つくえをたたくと
ぽこん　ぽこん
パパをたたくと
いたい　いたい
ぼくが　おめめにくっつけると
パパのおおきなめが　みえたよ

あたらしいとしのはじまりに

いつもぐずぐずしている　にいちゃんも
けさは　さっととびおきた
いつもとなにか　ちがうあさ

ちょうかんをとりにいった　げんかんの
はりつめたつめたさも
いつもとなにか　ちがうあさ

いえじゅうがしいんと　ひきしまっている
わたしのつくえも　かたづいている
いつもとなにか　ちがうあさ

かぞくみんなも　はれやかだ
もちろん　わたしのこころも
いつもとなにか　ちがうあさ

なにかいいこと　ありそうな
そんなねがいが　とどくよな
いつもとなにか　ちがうあさ

春さがし

うめの花が　さき
チューリップが　ふくらんできたよ
てんとうむしが　はっぱにいた
土手《どて》でつくしを　みつけたよ

かぜが　やさしくなって
ひかりが　きらきらしているよ
日が　ながくなり
じめんが　あたたかいよ

うわぎを一まいぬいでも
あそぶと　あせがでたよ

どこをみても
春がいっぱい

フラフープ

まわる　まわる
くるくる　まわる

おへそにちからをいれて
まえに　うしろに
みぎに　ひだりに
くるくる　まわす

まわる　まわる
ぼくのまわりで

いま
ぼくは　うちゅうの中心《ちゅうしん》

ころがる

ころがる　ころがる
マットの上で

手と足を　まっすぐにのばし
一本のまるたんぼうになって
ごろん　ごろんと
まわる

おへそをみながら
せなかをまんまるくして
くるん　くるんと
まえまわり

ごろんごろん　くるんくるん
ころがってると

おはなばたけで
あそんでいるみたい

とびばこ

きょうこそは　とぶぞ
おもいっきり　はしった
ふみきりばんを
つよく　けり

とびばこの　とおくを
ちからいっぱい　たたいた

からだが　ふわっとういて
まえに　とびだした
はじめての
ぼくの　うちゅうゆうえい

おおなわとび

ともだちが　いきをあわせて
ちからいっぱい
まわす　まわす
おおきく　まわす

いまだ
さあ　とびこめ

でも　ぼくのからだは　うごかない
こわくて　こわくて　とびこめない

よせてはかえす　おおなみに
ゆうら　ゆうら
からだをあわせていると
ふいに　からだがういた

いまだ
ぼくは　じめんをけって
おおなみに　のりこんだ

まわるよ　まわる
おおなみ　こなみ
からだが　なみにのっている

さかあがりができた

てつぼうを　ぎゅっとにぎり
ちからいっぱい
大地《だいち》をけった

そらが　大きくゆれて
そらが　くるんと
まわった

ぶらんこ

きょうは
ともくんと　きょうそうだ
「ようーいどん
まけないぞ」

ぼくは　ひざをまげて
おもいっきり　こいだ
うでにも　ちからをいれて
なんかいも　なんかいも
こいでいたら

こうえんのかきねを　こえ
きんじょのやねを　こえて

いつのまにか
そらのなか

「おーーい　ともくん
ここまで　おいで」

かくれんぼ

もうー　いいかい
まぁー　だだよ
もうー　いいかい
ちいさいこえで　まぁー　だだよ
もうー　いいかい
へんじが　かえってこない

ぼくは　まちきれず
そおっと
こえのほうへ　ちかづいていった

ともちゃんは
くさはらにねそべって
チョウのだっぴを　みていた
しいーっ
あともうすこしで
チョウになるんや

おおきなはっぱのかげで
チョウも　かくれんぼしながら
だいへんしん

もう　いいよ
でておいで

「つれてきたらあかん」

がっこうのかえりみち
みゃーみゃー　なきごえがした
しげみのなかで
ちっちゃなねこが　ふるえてた
だいてかえったら　おこられた

ともくんと
のはらで　おいかけっこしてたら
おおきなかまきりを　二ひきみつけた
一ぴきずつ　もってかえったら
また　おこられた

かあちゃんは　いつもいう
かあちゃんのいないときに
「だれもうちに
つれたきたらあかん」と

でも　ぼくもいいたい
かあちゃんが　かえってくるまでの
「ひとりぼっちは
いやなんだ」と

さかだち

ぼくのだいじな化石《かせき》のひょう本を
いもうとは　かってにもちだして
ともだちに　みせびらかしていた

ぼくはおもわず
いもうとのあたまを　こつんとしたら
いもうとは　おおごえでなきだした

ぼくは　いつものとおり
また　かあちゃんにおこられた
げんいんは　いもうとなのに

ぼくは　むしゃくしゃしたら
いつも　かべにむかって
くるんと　さかだちをする

いつもとちがう
さかさまのせかいを　みていたら
なぜかきもちが　おちついてくる

ぼくは　さかだちめいじんだ

ひかりでおはなし

『ほうー　ほうー　ほーたる　こい』
と　おじいちゃんとうたってたら
ほんとにあらわれた
ぼくのめのまえに

かわぎしのうえのほうから
すうとおりてきて
ひかったり　きえたり

あれっ　かわぎしのくさのうえでも
ひかっている
うごかないけど　ひかってる

おじいちゃんはいう
ほたるはひかりで
おはなしするんだよ

おすは　そらをとびながら
「ぼくのおよめさんは　いませんか?」
めすは　くさのうえで　まっていて
「わたしはここにいますよ　ここに」

こんやも　ひかりでんわが
うまくつながりますように

2　わたしをよぶのはだれ

わたしをよぶのはだれ

こずえをわたるかぜが
もりのおくふかくへ
わたしをよぶの
えだいっぱいにふくらんだ
うまれたてのわかばをみてと

ことりのさえずりが
もりのおくふかくへ
わたしをよぶの
じょうぶなすをこしらえて
たくさんのひなをそだてるからと

のばなのささやきが
もりのおくへと
わたしをよぶの
きらめくこもれびにほころんだ
いろとりどりのえがおをみてと

うめのはな

きらめくひかりにさそわれて
まんまるいつぼみが

ぽっ
　ぽっ
　　ぽっと

ほころんでいく

とじこめていたおもいを
ただよわせながら
あすにむかって

春の朝

ゆっくり起き出すと
もう東の窓がまばゆい

白いレースのカーテンに
朝が映し出されている

大きな木の葉
小さな木の葉が
風にそよぎ

ときどき
小鳥がおとずれ
あげはが舞い

シルエットの朝が
かがやいている

かたくりの花

早春の木もれ日をあびて
これから飛び立とうと
つぼみをふくらませている

七年の時をかけて
ためこんだ栄養を
今　薄紅の花びらにたくし
思いっきり身をそらして
風を待っている

昔はあたりまえに
山里にあったものを
今はかくれるように
ひっそりとほほえんでいる

越前水仙

荒涼と広がる海
風がうなりをあげ

ごつごつとした岩肌に
荒波を押し寄せる

飛び散る飛沫
降りしきる雪の中で

しっかりと根を張り
凛と咲いている
花はみな
海に向いている

はすの花

一まいの花びらに
太古の夢をきざみ
今咲こうとする　つぼみ

仏の　み手のような葉に
朝露が
きらりと　光る

葉の付け根は
水底の太い根とつながり
現世のできごとを
つつみこんでいく

いちりんの花が　今開いた
かすかに　風がゆれた

せみしぐれ

早朝まどをあけると
とたんに飛び込んでくる
せみの大合唱

シーシー　ジャージャー
ジャージャー　シーシー

羽をふるわせ
体をふるわせ

シーシー　ジャージャー
ジャージャー　シーシー

まっ暗な地中から
解き放たれたよろこびを
声を限りに歌っている

やまほととぎす

山路の木陰に
目立たないように
ぽつんと咲いている

花びらには
無数のむらさきの
斑点をしのばせて

ほととぎすという鳥の
胸の模様が似ているから
名づけられたという

消したくても
消えないこの斑点は
この山ぜんぶの哀しみを
刻みこんでいるかのように

おにあざみ

いつからでしょうか
あなたがそこにいるのを　知っていました
ふみきりを待つ間
わたしはあなたを
見つめていました

はじめて見たときは
赤茶けたがれきの中で
とげだらけの葉っぱを　身にまとい
あなたは　ただ一人
立っていました

この夏あなたをさがすと
いつのまにかあなたには
たくさんの仲間がふえていて
そこだけがにぎやかに
紫の風が舞っていました

わたしは　あなたを見ています
あなたは　見つめられていることを
知っていますか

わたしの名は

あまりの色の鮮やかさから
いろいろな名前を持つわたし

お彼岸のころに咲くので
　ヒガンバナ
仏教の梵《ぼん》語《ご》から「美しい花」
　マンジュシャゲ
花が一時に咲くから
　イットキバナ
仏さまやお墓に供えるので
　ホトケグサ

葉が全くないのに咲くので
　ハヌケグサ

かんざしなどを作って遊ぶので
　カンザシバナ　カザリバナ

色々ある私の名前
どれも本当で
どれもすべてではない

落ち葉

一歩　一歩　一歩
踏みしめ　踏みしめ　歩いていく

かさっ　かさっ　かさっ
体の重みが吸いこまれていく

鮮やかに
野山を彩った木の葉たちが

今　役目を終えて
静かに舞い落ちる

舞い降り　舞い積もって
大地の内なる温かみに抱かれ
次の命の糧になる

めぐりめぐる　命の循環

鳥の木

冬枯れの野に
子すずめたちが
遊んで　群れて
花が咲いたような
すずめの木

高い木のてっぺんに
一羽の見張り役がいて
みんなを集めて
黒いとりでのような
からすの木

日暮れになって
葉っぱのなかで
大騒ぎ
今夜のねぐらをさがす
むくどりの木

冬枯れの野に
いろんな鳥の木

朝の届けもの

家の前を掃いていると
いろんなものが届いている

たくさんの花びらは
うちのさざんかからの贈り物

電柱の下の木の実は
ここで朝食をとった小鳥たちのもの

まっ赤なモミジの葉っぱは
ふた筋向こうのお庭から

イチョウの葉っぱは
遠くはなれたあの公園からかな
木の葉にまじり毎朝届けられる
たくさんの砂

風に運ばれ
確かに届く大地の営み

冬の朝

見上げると　空が青い
風がすきとおっていく
すずめがあちらこちらで
むれてさえずっている

葉を落とした木々の間に
光が満ちて
新芽をあたためている

おーい
わたしは空に向かって
声をあげたくなる

命あふれる冬の朝に

子すずめチュンチュン

この春うまれた子すずめたちは
なにをしても
うれしくって

こちらのしげみから
あちらのしげみへ
かくれんぼ

あちらのえだから
こちらのえだへ
おいかけっこ

草の実みつけては
チュンチュン　チュンチュン
みんなでおやつタイム

むれて
あそんで
日がくれる

3　はてしない空へ

冬の雨

目がさめると
雨の音が聞こえてくる

暗闇のなかで
ぽとん　ぽとん　ぽとん

凍てつくように
ぽとん　ぽとん　ぽとん

いつまでも　いつまでも
ぽとん　ぽとん　ぽとん
ゆめのなかでも
ぽとん　ぽとん　ぽとん

ふりつもる

ふりつもる　ふりつもる
さくらの　はなびら
かぜに　さそわれ
いちめん　うすべににそめて

ふりつもる　ふりつもる
きんもくせいの　はなびら
きんいろに　かがやき
ほのかに　かぐわしく

ふりつもる　ふりつもる
さざんかの　はなびら
いくえにも　かさなり
わたしのこころの　うえに

ふりつもる　ふりつもる
おともなく
しろいはなびらが

突然に

ある日突然に消えている
今まであったものがない

そこに何があったのか
と　考えても思い出せない

この角っこのこの空間
店屋らしき建物があったような

そこにあったときは気にとめず
なくなってからその存在を意識する
今まであったものが急になくなり
なかったものが急に現れたりする
今日も住んでいる町のあちこちで
壊す音と建てる音が入り混じる
とまどう私に夕日がさしかかる

間引き

小春日和に誘われ
庭の手入れ
青々とした雑草を
一つ一つていねいに取り除き

大根の若葉が
あちらこちらに　湧き出ているのを
これはいる　これはいらないと
より分けながら　間引いていく

丈夫な大根を作るためには
かかすことのできないこの作業
でもどうしてか　心が痛む

勝手に雑草と　決めこんでいることに
勝手に間引いて　しまっていることに

私たちのかけがえのない
たった一つの命をも
誰かが見えないところで
そうしているのかもしれない

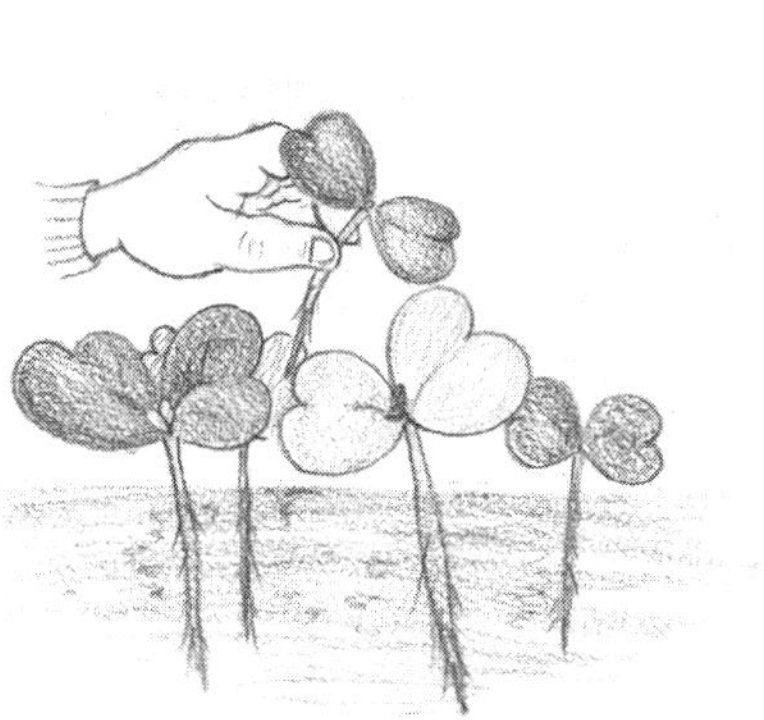

運命

何という便利なことば
何という心安らぐことば

人智を超えた悲しみに出会ったとき
想像もできない不幸に出会ったとき

自分を慰めることばとして
人を慰めることばとして

自分を諦めさせることばとして
人を諦めさせることばとして
吉凶禍福《きつきようかふく》
ほとんどの場合
人間の無力さをあらわすことば

日影

炎天下
かげを探して歩いていく

どっしりとした黒い影は
大きな建物

まっすぐな棒状の影は
電信柱や鉄柵

ちらちら　ちらちら
ゆれているのは　木もれ日

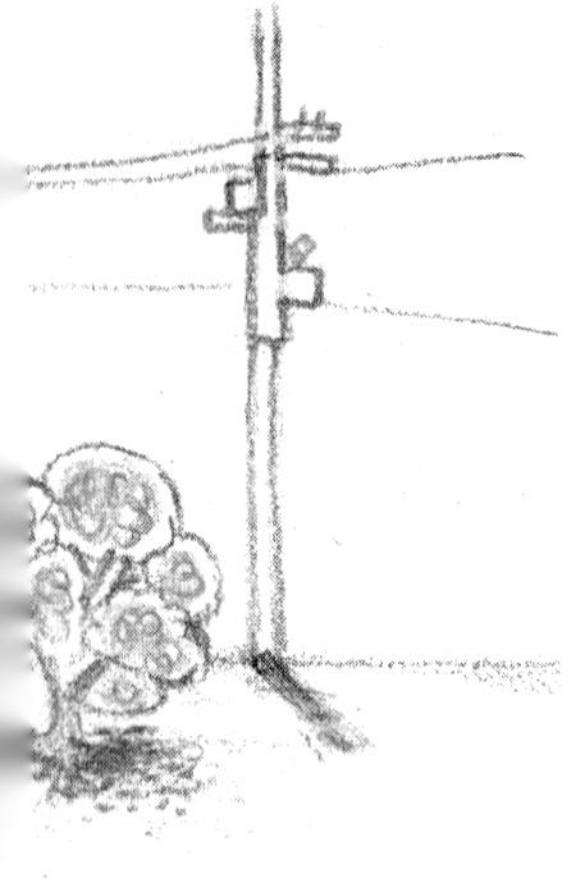

私の影も　花の影も
でこぼこ　でこぼこ

直線で囲まれているのは
人間が作ったものの影

自然にあるものの影は
みんな　でこぼこ　でこぼこ

母へ

「お母さん　こんにちは　お久しぶり」
どこを見ているのか素知らぬ顔
「お母さん　智恵子です　智・恵・子」
なんの答えもかえってこない
「井上静さん　静さん」とよびかけると
あわててへんじをしようとしている
母であったことをわすれ
一個人の生きた記憶だけが残っている

「お母さんの大好きな歌　あざみの歌
　いっしょに歌おうね」
なんの反応もない
一人で歌っていると
しだいに母の体が動き出す
言葉を失って十三年
昔　歌った歌だけは体が覚えている
「この子　あんたの子ども?」
車いすの母を指さし

同じ病室の人が私に聞く
そう　この人のいうとおり
母は子どもにかえってしまった
時間《とき》をわすれてしまった母
でも　母がいてくれるだけで
わたしの心はあたたかい

新しい一日

重いかばんにジーパンはやめて
何も持たずにスカートで出かけよう
自転車で走りすぎないで
今日は歩いて行こうかしら
いつもの角を曲がらず
遠くのあの角を曲がってみよう

いろいろに形を変える雲を
いつまでもながめながら
のぼりいく真っ赤な太陽に
手を合わせてみようかな

しまなみ海道

おだやかな海に
小島がたくさん浮かんでいる
とん
とん
とんと
飛び石のように六つの島をつなぐ

せり上がるだんだん畑も
金色にかがやくみかん山も
語りつがれる昔話や伝説も
今も変わらない人々の生活も
みんなみんな
一本の海道がむすんでいく

本州と四国を結ぶ貴重な交通路
互いに身近になった島々もあれば
そのまま残された島々もある

保存と開発
個性と均一化
失なわれたものと造られたもの

頭の中はぐるぐる迷走するけれど
瀬戸内の夕焼けは
どの島からもすばらしい

大地の叫び

息ができない
身動きができない

道という道が
アスファルトで　固められ
大地のあちこちに
鉄骨が突き刺さり
重いコンクリが
のしかかっている

ふり続く雨や雪を
受けとめる大地がない
ただただ
低い方へ流れるだけ

吹く風も太陽の暖かさも
じかに触れ合う大地がない
ただただ
行き場のない風が吹くだけ

はてしない空

ぐうんと　大地をはなれ
海や川や山々を　真下にながめ
水平線を　遠くに望み

真っ青な空に
ぐんぐん　吸い込まれていく
いつしか　海と空が一つになった

ぷかりぷかりと　白い雲
むくむくむくと　入道雲

雲の上にまた雲が重なり
空の上にはまだ空がある

地上千メートル
　一万メートル
　二万メートル

空はどこまでも空で
空が
はてしない宇宙へ続いている

いのち

つちのなかにも
かわのなかにも
うみのなかにも
もりのなかにも

あらゆるところに
あらゆるいのちが

みえているところで
みえてないところで

つながりあって
きらめきあって

詩集『ひろがる　ひろがる』に寄せる

詩人　野呂昶《さかん》

詩人梅澤智恵子さんは、三人のお子さんを持つおかあさんであり、また、四十数年間にわたり、多くの子ども達を教えてこられた小学校の先生です。そのためでしょう、作品は素材になにを選ばれても、その詩情の中に、やさしく、あたたかい、おかあさんの目と先生の目があります。

詩人は日々の生活の中から、子ども達の感動や驚きをすくい上げ、作品に形象されてきました。

作品を見てみましょう。

ひろがる　ひろがる

まるいかみづつが　おちていた

ゆかをたたくと
かこん　かこん
かべをたたくと
ぽわん　ぽわん

つくえをたたくと

ぽこん　ぽこん
パパをたたくと
いたい　いたい
ぼくが　おめめにくっつけると
パパのおおきなめが　みえたよ

同じかみづつでたたくのに、たたくものがちがうと、それぞれ音がちがう、子どもにとって、それは不思議でならないのです。それで、ゆかや、かべや、つくえなど、手あたりしだいたたいてまわります。そして、最後にパパをたたくと、「いたい　いたい」と声がかえってきました。それで、男の子は、はっとします。生きていないものは、たたいても痛くはないのに、生きているものは、痛いのです。男の子は、おそらく三、四歳の幼児でしょう。この年令の子どもは、空を見ても川を見ても不思議でならないのです。空はどうして青いのか、川はどうして流れているのか。この作品は、かみづつでたたく音ですが、子どもの不思議そうな表情や、驚きの目までが見えてきます。

落ち葉

一歩　一歩　一歩
踏みしめ　踏みしめ　歩いていく
かさっ　かさっ　かさっ
体の重みが吸いこまれていく

鮮やかに
野山を彩った木の葉たちが
今　役目を終えて
静かに舞い落ちる

舞い降り　舞い積もって
大地の内なる温かみに抱かれ
次の命の糧になる

めぐりめぐる　命の循環

秋、山のそま道は、落ち葉が十数センチもふり積もっています。そこを「一歩　一歩／踏みしめ　踏みしめ　歩いていく」それは落ち葉ではありますが、詩人の人生でもあるでしょう。人生の喜怒哀楽が「かさっ　かさっ　かさっ」体の重みとともに吸い込まれていくのです。なんと深い暗喩にとんだ表現でしょう。

鮮やかに／野山を彩った木の葉たちが／今　役目を終えて／静かに舞い落ちる木の葉たちも詩人も同じ時空で生きています。やがて詩人も、この世を去っていく、いや、単に去っていくのではなく、今生きている命を、せいいっぱい輝かせ、よろこびの中でつぎの世代に命をひき継ぐのです。

大地の内なる温かみに抱かれ／次の命の糧になる

このフレーズはそれを言っています。この作品は、山の落ち葉のそま道の散策の情景を語りながら深遠な人生の哲理にせまっています。

はてしない空

ぐうんと　大地をはなれ
海や川や山々を　真下にながめ
水平線を　遠くに望み

真っ青な空に
ぐんぐん　吸い込まれていく
いつしか　海と空が一つになった

ぷかりぷかりと　白い雲
むくむくむくと　入道雲

雲の上にまた雲が重なり
空の上にはまだ空がある

地上千メートル
　一万メートル
　二万メートル

空はどこまでも空で
空が
はてしない宇宙へ続いている

機上からはてしなくつづく空や海を眺めた感慨でしょう。飛行機が陸を離れ、ぐんぐん空に昇っていく。

真っ青な空に／ぐんぐん　吸い込まれていく／いつしか　海と空が一つになった機体は昇っていくのではなく、空に吸い込まれていくのです。そして、いつしか海と空が一つになってしまいます。詩人の意識もまたその一つになった空と海の中に入りこみ、それらと一つになっているのです。美しくさわやかな感動がせまってきます。

ぷかりぷかりと　白い雲／むくむくと　入道雲／雲の上にまた雲が重なり／空の上にはまだ空がある

私たち読者もいつしか機上の光景の中に入りこみ、詩人と感動を一つにしています。それにしても、この作品の的確な情景描写、言葉のリズムの美しさはどうでしょう。リアルな情景描写の一つ一つに心理描写が重ねられ私たち読者を深遠な宇宙にまでつれていってくれます。

はすの花

一まいの花びらに
太古の夢をきざみ
今咲こうとする　つぼみ
仏の　み手のような葉に

朝露が
きらりと　光る
葉の付け根は
水底の太い根とつながり
現世のできごとを
つつみこんでいく

いちりんの花が　今開いた
かすかに　風がゆれた

はすの花は、太古より美しくありたい、幸せでありたいという人間の夢の象徴です。その花が今つぼみを開こうとしています。

仏の　み手のような葉に／朝露が／きらりと　光る

その朝露とはなんでしょうか。仏が説かれた真実の言葉＝幸せに生きるための智慧そのものでしょう。それが、きらりと光るのです。

葉の付け根は／水底の太い根とつながり／現世のできごとを／つつみこんでいく

はすの葉の付け根は、水底の太い根（この世の真理）とつながり、人間の真の生き方とは何かということを、包み込んでいるのです。

いちりんの花が　今開いた／かすかに　風がゆれた

そのはすの花が今開き、真実に生きようとする人の心を明るく照らす、なんと感動的な情景でしょう。「かすかに　風がゆれた」その風とは感動そのものです。このように、この作品は暗喩の中に美しい詩性が花開いています。

先に私は、詩人梅澤智恵子さんは、やさしく、あたたかい、おかあさんと先生の目を持った詩人であると書きましたが、それは1章の子どもを素材の作品にかぎらず、作品全体に言えるように思います。2章、3章では「やさしく、あたたかい、自然や日常生活への目」と言いかえてもいいでしょう。その根底にあるのは、美と真実を求める真摯な求道精神です。

この詩集が多くの人々に読まれ、感動を与えることを願っています。

あとがき

この詩集をまとめるにあたり、今までの自分の来し方を振り返ってみますと、本当に多くの方々と出会い、多くの方々に支えられてきたことに思い至り、感謝の気持ちでいっぱいの今日この頃です。特に今まで出会った子どもたちには、毎日の学校生活の中で、たくさんの思い出と豊かな心をいっぱいもらいました。成長した皆さんと、どこかでまた出会えることを楽しみにしています。

学級担任を降りてから、時間に少し余裕ができてきた二〇〇七年に、詩の会「ポエムの森」に入会しました。それから十三年、野呂　昶先生の真摯なご指導と励ましのおかげで、そして同人の皆様に支えられ、やっと一冊の詩集にまとめることができました。また同人のさくらい　けいこさんが、すてきな表紙絵と挿絵で詩集を飾ってくださいました。この場にて改めて、皆様にお礼を申しあげます。

また竹林館の左子真由美様には、出版に際し色々と相談に乗っていただき、またアドバイスもいただきました。ご尽力に感謝申しあげます。

私は、いつも誰かに、呼ばれているような気がします。1章では、子どもたちの声に、2章では、自然にある野花や生き物たちのささやきに、3章では、私の内面の声に。

これからも精進して、私を呼んでいる小さな声に気づき、耳を傾けられる自分でありたいと願っています。

この一冊から、皆様とのつながりがより広がりますように。

梅澤智恵子

二〇二〇年（令和二年）九月

梅澤《うめざわ》 智恵子《ちえこ》

吹田市出身　茨木市在住
茨木市立南中学校・葦原小・玉櫛小・天王小で教職勤務
校務分掌で図書業務を担当
父（井上玉光）の句集『大焚火《おおたきび》』を編集・発行
「ポエムの森」同人
大阪自然環境保全協会会員　茨木シニアカレッジ会員
現住所　〒567−0863　茨木市沢良宜東町11−3

さくらい けいこ

豊中市出身　茨木市在住
大阪市立美術研究所にて彫刻を学ぶ
「ポエムの森」同人
銅版画「グループ遊」会員
茨木美術協会会員
著書『コロのココロ　コロコロ日記』
『canna カンナ』（さくらいけいこ詩画集）

梅澤智恵子詩集

ひろがる　ひろがる

A5 変型判
2020 年 10 月初版
ISBN978-4-86000-438-5　C0092

２０２０年10月10日　第１刷発行
著　者　梅澤智恵子
発行人　左子真由美
発行所　㈱　竹林館
〒 530-0044
大阪市北区東天満２-９-４　千代田ビル東館７階ＦＧ
Tel　06-4801-6111　Fax　06-4801-6112
郵便振替　00980-9-44593
URL http://www.chikurinkan.co.jp
印刷・製本　モリモト印刷株式会社
〒 162-0813
東京都新宿区東五軒町３-19